Date: 05/10/21

SP J FARUQI
Faruqi, Saadia,
Yasmin la escritora /

YASMIN

la
escritora

escrito por
SAADIA FARUQI

ilustraciones de
HATEM ALY

PICTURE WINDOW BOOKS
a capstone imprint

A Mariam por inspirarme, y a Mubashir
por ayudarme a encontrar las palabras
adecuadas—S.F.

A mi hermana, Eman, y sus maravillosas niñas,
Jana y Kenzi—H.A.

Publica la serie Yasmin, Picture Window Books,
una imprenta de Capstone,
1710 Roe Crest Drive
North Mankato, Minnesota 56003
www.capstonepub.com

Texto © 2021 Saadia Faruqi
Ilustraciones © 2021 Picture Window Books

Translated into the Spanish language by Aparicio Publishing

Los datos de CIP (Catalogación previa a la publicación, CIP)
de la Biblioteca del Congreso se encuentran disponibles en el sitio
web de la Biblioteca.

Resumen: La Srta. Alex ha asignado a la clase de Yasmin la tarea
de escribir sobre sus héroes y heroínas. A Yasmin le encanta escribir,
pero no sabe qué persona elegir. Despés de descartar muchas ideas,
¿podría ser que el héroe o heroína de Yasmin hubiera estado junto
a ella todo el tiempo?

ISBN 978-1-5158-7203-0 (hardcover)
ISBN 978-1-5158-7320-4 (paperback)
ISBN 978-1-5158-7204-7 (eBook PDF)

Editora: Kristen Mohn
Diseñadoras: Lori Bye y Kay Fraser

Elementos de diseño:
Shutterstock: Art and Fashion, rangsan paidaen

Impreso y encuadernado en China.
003322

CONTENIDO

Capítulo 1

La tarea

La Srta. Alex tenía una nueva tarea para los estudiantes.

—¡Cada uno va a escribir una composición! —dijo.

Yasmin levantó la mano.

—¡Me gusta escribir! —dijo—. ¿Sobre qué vamos a escribir?

La Srta. Alex escribió el tema

en el pizarrón. **Mi héroe o heroína**.

—¿Alguien sabe qué es un héroe

o una heroína? —preguntó.

Emma levantó la mano.

—Alguien que hace cosas

buenas. Alguien del que podemos

estar orgullosos —dijo.

La Srta. Alex asintió.

—¡Efectivamente!

Ali tenía tantas ganas de hablar
que no esperó a que la Srta. Alex
lo llamara.

—Yo voy a escribir sobre
Muhammad Ali, el campeón
de boxeo —dijo—. Tenemos
el mismo nombre. ¡Él es mi héroe!

—¡Buena elección! —dijo
la Srta. Alex con una sonrisa.

—Creo que yo escribiré sobre
Rosa Parks —dijo Emma—.
¡Era una heroína muy valiente!

Yasmin dio golpecitos
con su lápiz. ¿Sobre quién
escribiría ella? No se le ocurría
nadie.

Sonó la campana.

—Esta noche, escriban sus borradores —dijo la Srta. Alex—. Mañana, después del almuerzo, escribiremos las composiciones.

Capítulo 2

Pensar y pensar

Esa tarde, Mama le enseñó a Yasmin a buscar en la computadora mientras la cena se cocinaba.

—Aquí hay una lista de personas que hicieron cosas increíbles —dijo Mama.

En la lista había un atleta

famoso y una estrella de

la música. Había un hombre

que había donado mucho dinero

a la gente pobre. Había reinas,

presidentes y otros líderes.

Pero Yasmin negó con la cabeza.

—Ninguno de estos son *mis* héroes.

—Sigue pensando mientras termino de preparar la cena —dijo Mama—. Mira, hoy tenemos tu comida favorita, ¡keema!

Yasmin hizo garabatos

en el papel.

—Gracias —murmuró. Escribir

una composición no era tan fácil

como pensaba.

Sonó el teléfono.

—¡Contesto yo! —dijo Mama.

Yasmin hizo una lista

de ideas. ¿Una exploradora?

¿Un inventor? ¿Un poeta? Suspiró

y los tachó. Esas personas eran

increíbles. ¿Pero quién era su héroe

o heroína?

—Mama, no encuentro

mi pijama —dijo Yasmin

a la hora de dormir.

Mama lo encontró

en el armario. —¡Aquí está, jaan!

Esa noche, Yasmin tuvo una pesadilla. Se despertó asustada. Mama entró en la habitación y la abrazó.

—No pasa nada, mi amor —dijo Mama suavemente—. Estás a salvo. Yo siempre estoy aquí.

Capítulo 3

Una heroína al rescate

A la mañana siguiente en la escuela, los estudiantes mostraron su tarea. Emma había escrito datos sobre Rosa Parks en su borrador. Ali había hecho un dibujo de Muhammad Ali con sus guantes de boxeo.

Yasmin arrojó su hoja

en blanco sobre el pupitre.

A la hora del almuerzo, se dio

cuenta de que había olvidado

la lonchera. —¡Ay, no! —gritó.

Su día cada vez iba peor.

De pronto, Mama entró

en la cafetería.

—¡Yasmin! ¡Estoy aquí! —

dijo jadeando, con la lonchera

de Yasmin en la mano.

—¡Mama, me has salvado

la vida! —dijo Yasmin y la abrazó.

Mama también la abrazó.

—Eso es lo que hacen

las madres.

A Yasmin se le ocurrió
una idea. —¡Se podría decir
que tú eres mi heroína!

Después del almuerzo, Yasmin
sabía exactamente sobre quién
iba a escribir.

Mi heroína es mi Mama.

Hace un montón de tareas

en casa, como una experta.

Me abraza cuando estoy triste

o preocupada. Me protege.

Me salva de pasar hambre.

Siempre está a mi lado.

No sé qué haría sin Mama.

La Srta. Alex se asomó por encima del hombro de Yasmin.

—¡Una composición excelente, Yasmin! Los héroes no tienen por qué ser personas famosas. A veces son las personas que tenemos más cerca.

Piensa y comenta

❋ A Yasmin no se le ocurre ninguna idea para escribir. ¡Está bloqueada! Cuando a ti no se te ocurren ideas, ¿cómo encuentras la inspiración?

❋ ¿Quién es tu héroe o heroína? Escribe tres oraciones para contar por qué esa persona es importante para ti.

❋ Mira los dibujos del cuento. ¿En cuántos dibujos aparece Mama siendo la heroína de Yasmin?

¡Aprende urdu con Yasmin!

La familia de Yasmin habla inglés y urdu.
El urdu es un idioma de Pakistán.
¡A lo mejor ya conoces palabras en urdu!

baba—padre

hijab—pañuelo que cubre el cabello

jaan—vida; apodo cariñoso para
un ser querido

kameez—túnica larga o camisa

keema—plato de carne molida

mama—mamá

nana—abuelo materno

nani—abuela materna

salaam—hola

shukriya—gracias

Datos divertidos de Pakistán

Yasmin y su familia están orgullosos de su cultura pakistaní. ¡A Yasmin le encanta compartir datos de Pakistán!

Localización

Pakistán está en el continente de Asia, con India en un lado y Afganistán en el otro.

Población

Pakistán tiene una población de más de 200,000,000 personas. Es el sexto país más poblado del mundo.

Cultura

Bapsi Sidhwa es un famoso escritor pakistaní que ha ganado premios y vive en EE. UU.

La palabra Pakistán significa "tierra de los puros" en urdu y sirio.

La primera persona pakistaní que viajó a los polos Norte y Sur fue una mujer llamada Namira Salim.

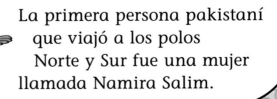

Haz tu propio diario

MATERIALES:

- caja de cereales o cualquier otro cartón fino
- tijeras
- unas 10 hojas de papel
- agujereadora
- lana
- marcadores

PASOS:

1. Corta una pieza rectangular de cartón, el doble de grande del tamaño que quieras que sea tu diario.

2. Sujeta el rectángulo por los lados cortos y dóblalo por la mitad. Si el cartón tiene una imagen que no quieres que se vea, dóblalo de manera que quede por dentro.

3. Corta las hojas para que sean un poco más pequeñas que las tapas de cartón. Mete las hojas dentro del cartón como si fueran las páginas de un libro.

4. En el lado donde el cartón está doblado, haz dos agujeros con la agujereadora, a la misma distancia del borde. Asegúrate también de hacer agujeros en las hojas de dentro.

5. Pasa un trozo de lana por cada agujero y haz un nudo para sujetar las hojas.

6. ¡Dibuja un diseño en la portada de tu diario!

Saadia Faruqi es una escritora estadounidense y pakistaní, activista interreligiosa y entrenadora de sensibilidad cultural que ha aparecido en la revista *O Magazine*. Es la autora de la colección de cuentos cortos para adultos *Brick Walls: Tales of Hope & Courage from Pakistan* (Paredes de ladrillo: Cuentos de valentía y esperanza de Pakistán). Sus ensayos se han publicado en el *Huffington Post, Upworthy* y *NBC Asian America*. Reside en Houston, Texas, con su esposo y sus hijos.

Hatem Aly es un ilustrador nacido en Egipto. Su trabajo ha aparecido en múltiples publicaciones en todo el mundo. En la actualidad vive en la bella New Brunswick, en Canadá, con su esposa, su hijo y más mascotas que personas. Cuando no está mojando galletas en una taza de té o mirando hojas de papel en blanco, suele estar ilustrando libros. Uno de los libros que ilustró fue *The Inquisitor's Tale* (El cuento del inquisidor), escrito por Adama Gidwitz, que ganó un Newbery Honor y otros premios, a pesar de los dibujos de Hatem de un dragón tirándose pedos, un gato con dos cabezas y un queso apestoso.

¡Acompaña a Yasmin en todas sus aventuras!

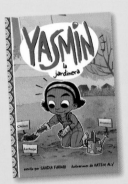
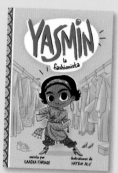